ÉCOUTEZ-MOI DONC.

PARIS,

Chez CORRÉARD, libraire, Palais-Royal, galerie de bois.

26 mai 1820.

ÉCOUTEZ-MOI DONC.

I.

L'ARBITRAIRE fait des progrès sensibles. La commission d'instruction *publique* vient de défendre l'entrée des cours *publics* à tout citoyen qui n'en aurait pas obtenu l'autorisation des doyens des facultés. (1)

Il suivrait de cette décision que désormais il appartiendra à un agent salarié et révocable de restreindre à son gré le cercle de l'instruction *publique ;* d'éloigner des cours *institués pour tous*, tel citoyen que sa position sociale ou ses rapports privés lui auront rendu *suspect*. Ainsi non seulement les haines particulières trouveraient leur vengeance dans la privation d'un droit précieux, mais une faction

---

(1) Un arrêté du Directoire ordonnait que tout citoyen, avant de solliciter une fonction quelconque, justifiât avoir fréquenté les écoles centrales, par un certificat attestant son assiduité, sa moralité et ses progrès scientifiques. Voilà ce que l'on faisait en l'an VI (27 brumaire).

quelconque subjuguant le ministère, interviendrait, et fer-
merait les sources de l'instruction à une portion notable de
citoyens.

Si l'arrêté en effet semble déclarer que cette autorisation
ne pourra être refusée d'abord, il n'en accorde pas moins
le droit de la retirer à la *faculté* qui statuera sur la nouvelle
demande des citoyens exclus, *suivant qu'elle le jugera
convenable* (art. 3 et 4); c'est dire en termes formels,
qu'elle pourra, suivant son bon plaisir, refuser cette autorisation, priver les citoyens des bienfaits de l'instruction.

Telle n'est pas la volonté de la loi. L'assemblée consti-
tuante décréta qu'une *instruction publique et commune à
tous les citoyens serait créée et organisée* (constitut. de 91).
Toute la législation postérieure fut basée sur ce double principe de la *publicité* et de la *généralité*. Il n'appartient à
aucune autorité (1) d'y apporter des entraves, puisque la
puissance législative n'a reçu du gouvernement aucune
communication sur cet objet important de notre législation.

____

(1) Ce qui doit s'appliquer surtout à la *commission d'instruction
publique*, dont l'existence légale est encore un problème. On sait
que l'université impériale dont elle prétend recueillir le brillant
héritage, fut posée en principe par la loi du 10 mai 1806 *qui réserva
expressément au pouvoir législatif* le droit d'approuver et de régler
son organisation. Un simple décret cependant constitua l'université ; jamais la sanction du corps législatif ne vint la ratifier : elle
tomba donc avec la charte qui abrogea tous les décrets contraires
aux lois, contraires à ses dispositions, parmi lesquelles se trouvent
la distinction fondamentale des pouvoirs, et l'attribution à l'autorité législative de tout ce qui touche aux intérêts généraux et per-
manens du corps social. La commission d'instruction publique
créée par ordonnance, n'est donc qu'une autorité de fait qui n'a
pas ses racines dans la loi, au-dessus de laquelle cependant elle
prétend s'élever, en méconnaissant l'acte fondamental lui-
même !

Anéantir d'une manière quelconque , la distribution commune à tous les citoyens, des lumières de l'instruction publique , c'est violer directement et nos lois sur la matière, et l'art. 1er de la charte qui a proclamé *l'égalité* des citoyens.

Sans doute, à une époque où l'édifice des privilèges, tombé en 89 aux applaudissemens de la nation, semble se reconstruire pièce à pièce, il serait doux de lui assurer un nouvel appui, d'arriver insensiblement à ce bel édit d'un électeur voisin qui n'admet dans les universités que les enfans de certaines classes, tandis que le peuple végète en silence, arrosant de ses sueurs ces champs fortunés que vient quelquefois réjouir la présence de leurs tendres seigneurs.

Mais, il ne faut pas se le dissimuler, la France n'est pas mûre encore pour cette noble législation. L'orgueil des Plébéiens n'a pas été abaissé au point de souffrir une telle humiliation. Ils savent que l'instruction, en éclairant l'homme sur sa dignité personnelle, le relève à ses propres yeux, et le fait marcher l'égal de celui qui se prétend son maître et suzerain. Privés momentanément d'une portion de leurs droits, ils veulent conserver ce germe précieux de l'éducation qui tôt ou tard, en se développant, leur rendra les biens qu'ils regrettent, et les défendra à jamais contre les prétentions hautaines d'une insolente aristocratie.

Ils repousseront donc cet acte nouveau de l'arbitraire, également contraire et à leurs intérêts les plus chers, et aux lois positives, et au texte précis des art. 1, 2, 62 et 63 de la charte constitutionnelle qui accordent à tous les Français les mêmes droits, les soumettent aux seuls juges institués par la loi, et interdisent pour toujours l'érection d'aucune commission, d'aucun tribunal extraordinaire.

Or, que seraient ces synodes de professeurs chargés de retirer aux citoyens le droit commun à tous, de l'instruction publique, sinon des commissions extraordinaires, des chambres ardentes, des cours inquisitoriales contraires à la charte? Comment considérer leurs décisions autrement que comme des jugemens, des arrêts d'autant plus rigoureux que, sans appel, ils priveraient les citoyens d'un droit nécessaire à leurs facultés intellectuelles, ainsi que le feu et l'eau à leurs besoins physiques? De quel titre enfin décorer cette exclusion arbitraire, si ce n'est de celui d'une peine illégale, puisqu'elle n'a pas été établie par la loi, à laquelle seule il appartient de la fixer (art. 4 Cod. pén.)?

Il faut sans doute que, dans les cours publics, les auteurs du trouble soient saisis, soient soumis à des peines publiques; mais, il faut que là aussi, la loi seule se fasse entendre des citoyens; il faut que l'arbitraire ne vienne pas s'immiscer au milieu des études paisibles auxquelles se livre la jeunesse française. La police générale n'a-t-elle pas, au besoin, tous ses moyens d'action, et ne peut-elle, de l'un de ses cent bras, atteindre jusqu'aux écoles publiques? L'expérience naguère a prouvé qu'elle savait largement user de ses prérogatives.

Mais il est nécessaire, dit-on, de désigner le coupable, le perturbateur : tel est le but unique de la carte qu'il sera obligé de solliciter avant de se présenter, et de porter avec lui.

Vain prétexte! puisque l'on rend enfin justice au bon esprit de cette jeunesse studieuse que *la malveillance seule a pu calomnier*, ne peut-on s'en rapporter à son zèle et à son amour du bon ordre? Croit-on qu'elle couvrira de son égide l'étranger qui viendrait, dans une leçon publique, troubler des momens dont elle sait apprécier la valeur ; qu'elle dérobera aux investigations de l'huissier l'imprudent qui viendrait attaquer ses plus chers intérêts, le silence et l'ordre, sans lequel il n'est pas d'enseignement possible ?

Et nous aussi, nous avons suivi les cours de la faculté de droit de Paris. Il nous souvient encore de cette époque déjà bien éloignée, où la statue de Napoléon reçut quelques atteintes dans la salle du cours. Un étranger se présenta pendant la leçon du doyen, auquel l'eut bientôt signalé l'attention des élèves, qui n'ont pas besoin de cartes pour se reconnaître. Le professeur garda le silence : il crut sans doute alors donner une preuve éclatante de son grand respect pour la publicité de l'instruction. Mais l'indignation générale s'accrut ; elle força l'espion de se retirer, et de rendre le calme à la séance. Voilà comment les perturbateurs présumés sont traités aux facultés de Paris.

Que sera-ce, dans les départemens où les cours se trouvent composés de 5o à 6o élèves, qui tous se connaissent, et tous sont connus du professeur sans qu'il soit besoin de cartes ? Comment chaque auditeur pourrait-il échapper à la surveillance de l'appariteur, lui cacher son nom et sa personne ? Là, du moins, il faut en convenir, la mesure proposée serait bien inutile. Il n'est pas besoin d'exiger que chaque assistant suffisamment connu, vienne préalablement indiquer ses *nom, prénom, âge, demeure, lieu de naissance, etc., etc., etc.* ; formalités qui nous rappellent trop ces cartes de civisme triste cachet d'une époque dont les souvenirs ne sont pas encore effacés de toutes les imaginations !

Cependant, si la commission d'instruction publique se

fût bornée à exiger le signalement des auditeurs , elle n'eût pu prendre une mesure plus ou moins utile , plus ou moins vexatoire pour les citoyens ; mais elle fût restée dans le cercle de ses attributions.

Elle l'a dépassé , quand elle a accordé aux facultés le droit immense , exorbitant , contraire à la charte , de s'ériger en *tribunal extraordinaire* , de punir des coupables même , qui ne doivent être soumis qu'à *leurs juges naturels* , et de leur infliger arbitrairement une *peine que la loi n'a pas établie* , qu'elle a formellement proscrite , en déclarant *l'instruction commune* , un droit fondamental , imprescriptible , pour tous les citoyens dont elle proclame l'égalité.

Répétons-le donc hautement ; l'arrêté du 7 mai est une usurpation formelle sur les attributions de la puissance législative ; partant il ne saurait créer une obligation pour les citoyens , pour les amis véritables de la charte qui n'en sacrifieront pas les dispositions fondamentales aux caprices d'une commission dont l'existence légale n'est pas suffisamment prouvée. Ils ne verront dans cet acte qu'un abus nouveau et patent de l'arbitraire , qui prétendrait en vain s'élever devant eux à l'égal de la loi.

II.

Si je ne m'étais pas assuré vingt fois et de vingt manières différentes, que le discours que j'ai sous les yeux est d'un commissaire du gouvernement, je me refuserais à le croire, et je ne suis pas même encore entièrement hors de doute. Pourtant c'est bien M. Cuvier qui parle. Or, M. Cuvier., comme il le dit lui-même, n'est ni député, ni ministre ; s'il monte à la tribune, ce ne peut donc être qu'en qualité de commissaire du gouvernement ; c'est le titre d'ailleurs que lui donnent les journaux en tête de son discours : il faut donc croire. Mais le langage de M. Cuvier répond-il à son titre ?... J'en fais juge mes lecteurs : « Si « je croyais m'être trompé autrefois, dit-il, je me serais « fait justice le premier : et, moi qui ne suis ni député, ni « ministre, moi, que rien n'obligerait à un aveu *toujours* « *pénible*, vous ne me verriez pas, conseiller bénévole, « vous offrir des avis, *que je vous aurais donné moi-* « *même le droit de dédaigner.* »

Oh! M. Pasquier, vous l'entendiez !!!

Puis, énumérant les vices qu'il croit reconnaître dans la loi du 5 février, M. Cuvier insiste surtout sur ce qu'elle n'est pas parvenue à former un bon ministère.

Oh! M. Pasquier, vous l'entendiez encore !!!

Mais qu'est-ce donc qu'un commissaire du gouvernement? N'est-ce pas un agent, un auxiliaire du ministère? C'est donc un serpent que le ministère a réchauffé dans son sein, que ce M. Cuvier ?

Comment M. Pasquier qui s'empare avec tant d'habileté

de toutes les situations dramatiques , en se voyant ainsi immolé en plein sénat par un des siens , ne s'est-il pas enveloppé dans sa robe , et n'a-t-il pas adressé au parricide ces paroles mémorables : *Tu quoque, fili mi?*

III.

C'est définitivement le 5 juin que s'ouvrent les débats du procès de Louvel : c'est donc le 5 juin que le public va être initié dans les mystères de cette procédure , qui , depuis quelque temps , surtout , fournit matière à tant de bruits contradictoires , à tant de calomnies officieuses et de dénonciations qui ne déshonorent que leurs auteurs. Le *Journal officiel* nous annonce que tels individus, impliqués dans cette affaire , ont été mis hors de cause, parce qu'on a reconnu leur innocence ; tels autres parce qu'on n'a pas réuni contre eux de preuves suffisantes ; que d'autres dont la complicité n'est pas prouvée , sont renvoyés devant la cour d'assises pour des délits étrangers à l'assassinat de M. le duc de Berri.

Reste donc le *seul* Louvel , dont l'isolement est bien constaté , malgré les efforts inouis de la faction pour lui trouver des complices , ou plutôt pour augmenter le nombre des coupables et celui des victimes qu'elle voudrait frapper. Ces efforts de l'olygarchie sont même aujourd'hui, pour la France , un incident beaucoup plus intéressant que le procès en lui-même , aujourd'hui que la nation est rassurée sur la vie des membres de la famille royale, par la certitude que le crime est isolé , et le criminel dans les mains de la justice.

Mais comment constater les menées des olygarques nouvellement dénoncées à la chambre des députés? Comment prouver que les pétards de Gravier , le guet-à-pens dirigé contre un garde du corps, l'affaire encore bien obscure de Lons-le-Saulnier ne sont probablement que des artifices innocens , des fraudes pieuses qui , avec tant d'adresses furibondes dont le modèle se trouvait sans doute dans leur correspondance numérotée, devaient concourir à inquiéter le trône , effrayer la nation et les forcer de se jeter dans les bras de leurs plus cruels ennemis? La faction , encore puissante, réussira, sans doute, à nous dérober la trace de ses infamies , mais non pas à nous abuser sur leur existence : nous n'aurons de preuves légales de quoi que ce soit ; mais les preuves morales s'accumulent à chaque instant.

En attendant que le jour de la justice arrive, voici ce que l'on raconte des dernières séances de la cour des pairs.

On se rappelle , sans doute , la sortie insolente de la *Quotidienne* contre M. le rapporteur du procès. Je la nomme insolente , non que je croie la critique des dépositaires du pouvoir interdite aux citoyens, mais parce que l'impartialité , disons mieux, la fermeté de M. Bastard de l'Etang dans les fonctions délicates qu'il remplit aujourd'hui , doit lui concilier l'estime de tous les partis. Telle était la violence et l'injustice des attaques du journal monarchique , qu'elles ont révolté les hommes les plus disposés à l'indulgence envers lui. L'indignation s'est étendue jusque sur la commission de censure, qu'il a été question dans le premier moment d'envelopper, dit-on, dans les poursuites dirigées contre la *Quotidienne;* cependant on est allé aux informations, et il est resté démontré que l'article diffamatoire, soumis à messieurs les censeurs , et rejetés par eux, n'avait reparu dans la *Quotidienne* que par *l'inadvertance* d'un *subalterne*. Messieurs les pairs ont bien voulu se contenter de cette explication, quant à la censure; mais ils ont décidé à la presque unanimité des voix, que l'éditeur du journal calomniateur serait déféré aux tribunaux.

On assure qu'un incident de la discussion est venu dérider le front de MM. les pairs. Un orateur fameux par ses réquisitoires dans un fameux procès, que les fonctions appellent momentanément dans la cour des pairs, mais qui ne siège pas dans la chambre haute, s'étant précipité à la tribune pour y déclarer son avis sur la question à l'ordre du jour, en a été écarté sans façon par un noble pair qui a gagné sur le champ de bataille le rang élevé qu'il occupe dans les hiérarchies militaire et nobiliaire, et ses nobles collègues se sont déclarés comme lui pour le maintien de leurs privilèges.

Malgré l'indulgence de l'illustre aréopage, beaucoup de gens croyent la censure réellement complice de l'insertion coupable : J'avoue que la partialité révoltante qu'elle déploie dans l'exercice de ses fonctions, justifie singulièrement les présomptions de ceux qui l'accusent.

Mais la tentative de la *Quotidienne* n'est que le premier essai de la faction pour jeter des doutes sur la régularité de la procédure de Louvel, et lui créer des complices nécessaires au dénouement du drame monarchique. Un autre incident bien autrement grave s'est présenté le surlendemain. On dit qu'un homme assassiné, il y a peu de mois dans les environs de Paris, en a fourni le texte. Il a plu à la faction de faire de cet homme une victime, d'autres disent un complice d'un ministre disgracié depuis la journée du

13 février. Le maire du lieu dressa dans le temps un procès-verbal authentique des dépositions du moribond , qui depuis s'est rétabli, dit-on ; lesquelles, rapprochées du procès-verbal des médecins prouvent que la prétendue victime s'est blessée elle-même par maladresse dans un moment d'ivresse, ou dans l'intention d'appeler sur elle l'attention et la pitié publiques. Les olygarques , instruits de tous ces faits, ont envoyé dans les premiers jours d'effervescence après l'attentat du 13 février, des hommes à eux pour exploiter ce procès-verbal en le faisant *rectifier* conformément à leurs vues. Le premier émissaire s'est présenté portant à la boutonnière toutes les croix de l'Europe depuis la médaille prussienne jusqu'au lis inclusivement. Il a fait entendre à M. le maire que les places, les pensions, les honneurs allaient pleuvoir sur sa tête, s'il voulait consentir à quelque légère *rectification* dans les dépositions du mourant dont on pourrait faire sortir une bonne dénonciation de complicité d'un certain duc de fraîche date avec l'assassin de monseigneur le duc de Berry. Il paraît que la *rectification* exigée devait faire de l'homme blessé un complice de Louvel , assassiné par les ordres d'un grand personnage pour s'assurer de sa discrétion. M. le maire reçut les honnêtes propositions comme il le devait. Quelques jours après, un nouvel émissaire que l'on croit être le même personnage qui s'est rendu célèbre par la dénonciation, un peu aventurée , d'un homme odieux à la faction , s'est présenté de nouveau à la mairie de P. . . . pour y prendre connaissance du fameux procès-verbal, et vérifier, sans doute, si l'on ne pouvait pas en tirer parti dans son état d'imperfection. Enfin, un troisième personnage , bien connu , dit-on, par ses fonctions administratives extraordinaires et secrètes dans le midi, s'est adressé non plus au maire, mais à son gref-

fier, qu'il n'a pas trouvé plus traitable. Celui-ci même a poussé le rigorisme jusqu'à enfermer sous clef l'honnête émissaire pour le livrer à la gendarmerie comme suborneur, heureusement pour lui qu'il a été relâché après avoir décliné ses titres et qualités.

Ces tentatives seraient demeurées secrètes sans l'imprudence de quelques membres de l'illustre assemblée qui s'imaginant probablement découvrir des faits favorables à leurs opinions, ont demandé la lecture de tout le dossier dont M. le rapporteur n'avait communiqué, dit-on, qu'un extrait. La lecture des pièces a mis au jour un certain *post-scriptum* du maire de P..... qui, pour l'acquit de sa conscience, a cru devoir déclarer ces faits. On parle aujourd'hui de poursuites qui seraient dirigées contre les individus auxquels on attribue les tentatives de séduction.

La mauvaise réussite de ces menées n'a pas découragé la faction. On assure qu'il a été lu dans la chambre, des dépositions d'un ecclésiastique dont on attendait un grand effet. Ces dépositions avaient été recueillies, dit-on, par une autorité qui en garantissait l'authenticité. C'est, assure-t-on, l'orateur malencontreux, auquel on avait déjà retiré la parole, qui s'est chargé de les communiquer à la chambre. Un membre incrédule, peu satisfait de l'obscurité de ces communications, a eu la curiosité de remonter à leur source : il est allé compulser les registres de l'autorité citée comme garantie, et il est demeuré prouvé que jamais ladite autorité n'avait reçu les dépositions mentionnées. On ne saurait croire qu'un citoyen revêtu de hautes fonctions judiciaires, ait voulu en imposer à la cour des pairs, en lui faisant une fausse communication. On ne peut donc imputer qu'à l'erreur et à la légèreté une dénonciation qui pouvait avoir des suites fort graves. Mais ne doit-on pas déplorer que dans une matière si importante, la vérité ait à lutter, à la fois, contre les passions des hommes et contre leurs *erreurs* !

Que conclure de tous ces faits? Que la faction réduite au désespoir, au lieu de se réunir franchement à une nation généreuse, toujours prête à accueillir ses ennemis dans leur repentir, ne reculera devant aucune absurdité, ne rougira d'aucun expédient lâche ou cruel pour faire triompher ses injustes prétentions, et tôt ou tard déterminera la crise révolutionnaire qui doit le faire disparaître du sol.

IMPRIMERIE DE MADAME JEUNEHOMME-CRÉMIÈRE,
RUE HAUTEFEUILLE, n° 20.